KB265401

보아야 봄이다

보아야 봄이다

2024년 3월 11일 초판 1쇄 인쇄
2024년 3월 20일 초판 1쇄 발행

지은이 | 서장원
펴낸이 | 孫貞順

펴낸곳 | 도서출판 작가
　　　　(03756) 서울 서대문구 북아현로6길 50
　　　　전화 | 02)365-8111~2　팩스 | 02)365-8110
　　　　이메일 | cultura@cultura.co.kr
　　　　홈페이지 | www.cultura.co.kr
　　　　등록번호 | 제13-630호(2000. 2. 9.)

편집 | 손희 김치성 설재원
디자인 | 오경은 박근영
영업 | 박영민
관리 | 이용승

ISBN 979-11-90566-78-0 (03810)

잘못된 책은 구입하신 서점에서 바꾸어 드립니다.

값 14,000원

한국디카시 대표시선

12

서장원 디카시집

보아야 봄이다

작가

■ 시인의 말

이름 없는 풀꽃들이 쓴

아침의 시를 읽게 하소서

45억 년 준비한

초록별 답안을 만나게 하소서

한마디 한마디가

아름다운 울림이 되어

인연으로 남게 하소서

2024년 2월

서장원

차
례

2부 왕실의 정원

5부 바람의 인연

21C 문명의 붓을 들었다

- 「천변 화가」 중에서

초록별에게 답을 묻다

1부 초록별에게 답을 묻다

새 학기 설렘이다

대중을 향한 각오 하나

정의와 공정을 써야지

물 먹이면 더 멈출 수 없다

봄비

봄비

봄나들이 나왔다

사랑꾼 걸음마

잎새에 앉아 풀 향기에 갸우뚱

하늘 눈치를 본다

한글 사랑

ㅜ ㅜ ㅜ 단풍 지는 소리

ㅗ ㅗ ㅗ 봄 오는 소리

내 손안에도

모음 이불 덮은 자음 ㅂ의 기다림

꿈학 개론

밟혀도 살아 있으면

내 세상여

꿈이 별거 있어

나를 피우고 씨앗 맺으면 되는 거지

꿈

한 발 딛고 뛰어 올라라

꿈도 날아 올라라

춤사위로 핀 한글

미래로 세계로 날아 올라라

* 서민원 (한국미술협회 초대작가 출품작품 2023)

눈총

의식이 총알이다

눈살 찌푸리게 한 놈
살리려고 당기는 방아쇠

농장 아파트

1순위도 당첨이 어렵다

햇살이 층수 올리는 아파트

봄바람 초인종 소리

주인을 기다리고 있다

따릉이 집

돌아갈 내 집이다

주소는 서울

그곳엔

떠돌이 사랑과

건강한 기다림이 산다

백로白露

열매마다 풀잎마다

가을 대문 열렸다

하늘 호수에 배 띄워라

햇살 가득 싣고 풍년이 문 앞이다

붕당정치

다른 방향만 바라보았지

수천 년 같은 하늘 바람을 함께 하고도

싸우느라 손짓만 보았어

계절이 바뀌기 시작만 해도 진실 보이는 것을

비상飛上

살아는 살아서

내가 접을 나래여

행복의 둥지 찾는 비상이여

머물기 위한 날갯짓은 아름답다

선물

땅이 키운 사랑

믿음의 만남이다

햇살이 준 계절의 약속

새 손님

야! 다들 모여
이 겨울에 진수성찬이다
참, 새 고객이래

참새 손님 도둑이다
가끔은 도둑 편이고 싶다

손흥민 골 세리머니

축구장에 가면
그려지는 내 편 네 편의 풍경

승리의 심장 소리
찰칵, 골 세리머니

우연이 아니다

어떤 고백

나는

해

바라기가 아니다

찬란한 아침을 준비할 뿐

지는 권력 등지라는 설법 중

여우 고개

전설마저 사라진 자리

CCTV가 그 자리에 서 있다

여우 같은 인간 살고 있을지 몰라

엄마의 기도

이 밥 먹고

건강하게 잘 자라게 하소서

사직신社稷神을 깨우고

데메테르 여신을 불러

21C 태양의 신전을 열었다

장총長銃

지구의 허파를 겨누고 있다

장총의 돛을 달고
도시의 겨울 바다를 항해 중이다

자본의 폭력

서녘 하늘 영토가 위기다

저녁노을까지 앗아갈

달도 훔쳐 갈 날도둑이다

천변 화가

말을 걸면 피는 사연들

일어서는 계절의 침묵

21C 문명의 붓을 들었다

철쭉 축제의 날

하늘 축하 공연 사이로

물수제비를 뜨는 물까치

한 옥타브를 올린 신바람에

철쭉의 볼 따라 내 마음도 붉어라

초록 화가

초록 화가

우리집 거실에는
부지런한 화가들이 산다

햇살 붓이 없는 밤에도
초록 대화를 그린다

프러포즈

나도 사랑집 짓고 싶다

행복한 꿈 함께 꾸어요

한강 변 둥지

꿈 높이로 기둥 세우고

둥지를 지었다

경쟁이 만든 인간의 숲

날개가 없는 것을 잊었는지 몰라

햇살을 줍다

떨어진 햇살 조각들

떠나지 못하는 기억

눈에 밟히는 그리움

꽃비

초록 먼 기다림
봄의 서사시

품 안에 스미는 사연
자세히 쓰고 있다

계절의 웅변

가을이 앉았다

보이는 가을 메아리

무대를 향한 아름다운 이별론

계절을 여는 장엄한 스펙트럼

골다공증

모두가 나이가 들면 그런지 알았지
바람도 모르게 숨기다 아주 넘어졌다

아픈 몸 감추고 가신 어머니

화석 된 그리움이 아프다

교실 밖 교과서

나는 쌀 나무가 아니야

도시의 바람이 읽는 햇살 페이지
그 행간에 쓰인 벼의 생태와 농부 마음

뜸부기 소리 지키는 꿈도 살고 있다

기다림의 풍경

목마름에도

순서를 지키는 기다림

준비된 사회적 거리 두기

아름다운 약속

노을을 읽다

45억 년 써온 지구의 일기

오늘 노을 페이지를 펴고
오감으로 능선을 그리다가

사랑 감정 하나를 더 읽었다

창경궁과 창덕궁에서
왕의 걸음을 걷다

2부 왕실의 정원

왕실의 정원

시선을 던져 마음 얹으면

두 발로 딛고 웅비하는

그대가

이 왕실 정원의 주인이다

가을의 끝자리

바람길 따라 떠나지 못하고

초록 꿈 남긴 채

짐 되어 이사 가는 날

단풍의 이별 사연 서럽게 곱다

가장 아름다운 꽃

세 들어 살던 집

대지의 어머니 꽃으로 피었다
세월 비에 계절을 안고

오성과 한음

“이 주먹이 누구의 주먹이오”
“네 주먹이지 누구의 주먹이겠느냐”

먼 옛날 오성과 한음의 감나무 일화

나의 마음에 설화가 열렸다

사극을 읽다

외국 관광객들의

조선시대 사극 재현

한국 역사를 닮아보려는 저 모습

한류 드라마 세계 정복기

회화나무의 꿈

바라만 보는 아픈 사랑
영욕의 역사로 서 있다

꼭, 전해야 할 말이 남아
하나로 피어날 봄 꿈을 꾼다

전역식

도시의 공해를 지킨 최전선 전사들

전역을 축하하는 겨울나무

다시 만남의 약속이 푸르다

참사

나무야

너도 알았니

노란 리본 달고

떠날 수 없는 그리움으로 서 있구나

창경궁 길

설렘, 두려움

만남, 이별, 벼슬길

간절한 만큼 머물던 시간

저 길 위에 역사가 있다

산책길은
디카시로 말을 걸었다

3부 산사 가는 길

비상벨

기도의 문이 열리는

비상벨이다

나의 소원만큼 높이 있다

계절 밥상

푸짐한 상차림이다

계곡 물소리는 간식

계절이 바뀔 때까지 호사다

동전만큼의 거리

속삭임이 살던 곳

사연의 거리를 좁혀 놓고

기억의 끝 페이지를 열고 있다

착한 마음

주인이 꼭 찾아가라고

어느 길손이

보이는 곳에 올려놓았다

앉아 있는 착한 마음

똑 똑 똑

기다렸습니다
겨우내
생명이 열리는 소리
귀로 몰래 보려다
눈으로 듣고 말았습니다

폭로

계절의 덤불숲이 나의 입을 막았어

이제 사실을 다 폭로해야지

입 다물었던 거짓된 진실

벽

내 말 들리니

내 이름은 박새

'치 치 치 치'

둥지를 짓는데 널 데려가고 싶다

넘을 수 없는 문명의 벽

* 가파른 산책길 굽은 언덕길 도로변에 세워진 반사경 거울 앞에 박새 한 마리가
거울을 보고 있다. 한참을 보다가 부리로 쪼아도 보고 대화를 하는 것 같더니 거울
속으로 들어가고 싶은지 날개 죽지를 여러 번 부딪쳐 위험해 보였다.
  한동안 관찰하며 행동들을 사진에 담았다. 다음날 같은 시간 오후 5시경 똑같은
행동을 하는 박새를 만났다 저러다가 죽을 수도 있겠다 싶어 거울을 종이로 가려
주려고 하였다. 그러나 다음 날은 보이지 않았다.
  자연이 넘을 수 없는 인간이 만든 문명의 벽이다.
  '치 치 치 치' 박새가 짝을 부를 때 내는 소리만 환청으로 들렸다.
  박새는 소리로 메시지를 전달하고 이해하는 능력이 있다고 한다.

거부할 수 없는 강이 있다

4부 치유의 강

메꽃

‘아프지 말고, 건강하세요’

님의 마음 닮은 한낮 인사

* 지석영 길 (서울대학교 병원 정문)

미래의 유산

아픈 사연들이

일어나려고

저 페이지 속에 누워있다

환자를 살리는

생명의 손길

참호

생명의 영토와 전쟁 중

천사의 손길이
꽃으로 피었다

너, 괜찮아

손 잡으면 둘이라고
혼자 아픔 잊으라고

밤하늘 반달도
손을 내밀고 있다

세 번째 여행지

고난의 열차를 16번 탔고

세 번째 여행지 도착이다

긴-터널, 혼자가 아니었다

빛은 보였다가 없어졌다가 하고

끝이 보일 듯 보이지 않는다

문안

밤새 하얀 도화지를 펴고
쓰고 지우기를 반복했다

아픈 몸이 자꾸 깨웠다

밖이 훤하다

생명 한 모금

물 한 모금
생명을 깨우고

두 모금 사랑
생명을 살리고

피어나는 목마름

핀 사랑

꽃샘추위도

지친 아픈 사랑도

준비한 사랑은 막지 못해라

햇살이 사랑 붓을 들었다

환자의 창

밤새 그리움 열고

밤새 기다림 열고

밤새 아픔 닫고

햇살은 살며시 와 아침만 열고 갔다

호모 심비우스

나무의 하늘 영토를 살렸다

도서관 꿈이 살았다

자르지 않은 나뭇가지

넓혀진 인간의 진짜 꿈

기다림이 그리움으로 있다면 희망이다

- 「화양연화」 중에서

5부 바람의 인연

보아야 봄이다

9억보의 바람길 걸어 왔을까

찬바람 안고 핀 풀꽃

우주의 별 이야기 데려와

사랑집을 짓는다

인연

바람 모아 내민 손

마음에 두고두고
놓지 않을 때

사랑 꽃은 핀다

가을 편지

가을 편지

바람 우체부가 놓고 간

잎새의 生이 쓴 편지

반송할 주소가 없다

우리에게 배달된 生의 편지도 그렇다

날 찾아왔으면

내 이름자를 꼭 부르게

몇 동 몇 호 살고 있는지

외로움이 마중 나가게

* 괴산 국립 호국원에서(브모님 산소 이장을 마치고).

등산길에서 설화를 읽다

등산길 멧돼지 출현

까치가 멧돼지 등에 올라
'꺅꺅' 위험을 알린다

착한 설화의 재현이다

그리움이 뜨다

저 달 기다림 채워지면

송편으로 빚어지는

손안에 사랑도

추석 고향길 코스모스도

그리움으로 핀다

바람의 기억

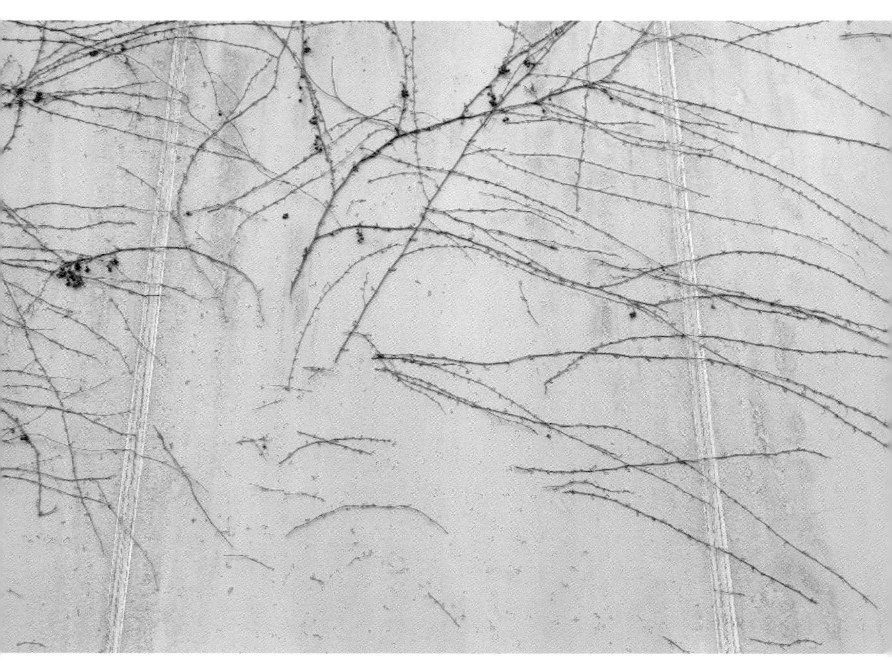

햇살이 그린 여름 이야기

그녀에 대한 그리움이다

백의白衣의 성城

저녁나절 피는 꽃

밤이슬로 슬픔 달래려그 피었다

징용 끌려간

지아비 향한 마음

아픈 역사로 피었다

* 1960년대 8월 저녁 무렵 어머니는 저녁밥을 지으시려고 저에게 보리쌀을 안쳐야겠다고 하시며 땔감을 가져오라 하셨다.

여름에는 마당에 간이 솥을 걸어 놓그 편하게 사용하였다 시계도 없는데 어찌 시간을 아냐고 여쭈니 초가지붕 위에 핀 박꽃을 가리키며 저 꽃이 피면 저녁을 준비하면 된다고 하셨다. 박꽃은 해가 질 무렵 5시~6시에 피기 시작하여 아침 5시~6시에 꽃이 진다. 밤새 이슬을 맞고 달과 별의 사연을 담아서 진다. 대부분 꽃 색깔은 흰색으로 우리 민족이 즐겨 입은 옷 색깔과 닮았다. 마치 백의민족을 상징하는 듯하다.

일제강점기 때 강제로 징용을 끌려간 백부를 기다리며 유복자를 키우며 불행한 삶을 살다가 가신 백모님이 생각났다. 밤새 이슬 맞고 아침을 기다리는 박꽃은 백모님을 닮았다. 한이 많은 우리 민족 여인의 모습이다.

핀 박꽃을 통해 빼앗길 수 없는 백의민족白衣民族의 성성城을 보았다.

기다림의 무게

배 몰고 나간 아들
배웅하고 집에 가는 길
발이 떨어지질 않아

발등에 바다를 지고 있다

지명 수배자

통영의 연鳶

그들이 행한 위대한 업적을 알고 있다

반드시 역사적 기억을 검거하라

천 년 향

코뚜레 한 소 한 마리

주인의 손에 끌려

여행객의 마음에 끌려

천년의 발걸음 온전히 남았다

한 그루 나무이고 싶을 때가 있다

부모님 산소 보이는 곳에

집 짓고 늘 문안 인사를 드린 시인이 있었다

왕릉 옆 한 그루 소나무

시묘살이가 천년 풍경이다

* 위 시인은 정＊＊선생님으로 경기도 안성으로 낙향하여 2층 서재 창
  문에서 부모님 산소가 보이게 집을 짓고 문안 인사를 하시며 말년
  을 지내셨다.
  왕릉은 천년의 고도 경주에 있는 신라 왕릉이다.

화양연화花樣年華

그대가 있는 곳이라면
꿈속에서라도 가리다

기다림이 그리움으로 있다면 희망이다

첫사랑 머문 그 징검다리

* 황순원의 소설「소나기」의 징검다리를 소재로 하였다

고백

사랑 얻기까지 한 달 걸렸습니다

내 마음 하늘까지 닿아서

그녀의 마음도 서녘 하늘에 남았습니다

흔적

한때는

물그림자도

아름다웠지만

주인 잃은 빈 신발로 떠 있습니다

두 개의 달

임의 마음에 비치면

네 배 되려나

오늘도 수억 개의 그리움

뜨고 지지만

기도의 끝에 뜨는 임 하나

노을 극장

햇살 구름 주연

호기심 바람 연출

저녁 하늘 시간이 무대

숨은 마음 찾기

용, 예수님, 비천상, 염소

피었다 지는 소리도 없다

기쁨이 눈 뜬 자리
꼭 찾아보라고
몰래
한 송이씩 행복을 연다

| 해설 |

사랑과 생명의 서사

오민석(문학평론가·단국대 명예교수)

| 디카시 시론 |

왜, 디카시인가

서장원

사랑과 생명의 서사

— 서장원 디카시집 『보아야 봄이다』 읽기

오민석(문학평론가·단국대 명예교수)

I.

디카시를 실제로 써 본 사람은 안다. 혹은 문자시를 주로 쓰다가 디카시를 써 본 사람은 더욱 확연히 안다. 문자시의 범주가 무변광대함에 비하여, 디카시의 범주는 친절한 가이드 라인이 있다. 문자시의 창작이 오리무중의 미로를 헤매는 것이라면, 디카시의 창작은 그것보다 훨씬 명료한 지도 위의 길을 가는 것이다. 이것이 일반적인 문자시보다 디카시를 훨씬 더 '생활 문학'에 가깝게 한다. 만일 문학을 잘 모르는 일반인에게 문자시를 쓰라고 해보라. 몇 시간 머리를 싸매고 앉아 있어도 제대로 된 시가 나올 리가 없다. 그러나 (디카시의) 상대적으로 간단한 원리와 공식을 알려주고 디카시를 쓰라고 하면 누구든 큰 어려움 없이 쓸 수 있다. 운이 좋으면 처음 한 방에 훌륭한 디카시를 건질 수도 있다.

우선 디카시는 디카나 디카가 내장된 휴대폰으로 찍은 사진에서 출발한다. 사진을 찍는 순간부터 사실상 디카시 창작은 이미 시작된 것이므로 그것에 문자 기호를 첨부하려는 순간 디카시의 절반은 이미 완성된 것이나 다름없다. 게다가 사진이 문자 기호의 (다양하지만) 한정된 모티브들을 이미 보여주므로 시인은 길 없는 길을 찾는 것처럼 헤매지 않아도 된다. 게다가 디카시는 문자시처럼 사전에 정해지지 않은 분량 앞에서 고민할 필요도 없다. 5행 이내라는, 게다가 그것보다 짧을수록 좋다는 문자 형식의 명쾌한 안내가 있으므로 상대적으로 쉽게 쓸 수 있다.

생활 문학으로서 디카시의 매력은 여기에서 끝나지 않는다. 간단한 학습 후에 누구나 마음만 먹으면 쓸 수 있는 형식이지만, 그것의 결과가 그렇게 소박하지만은 않기 때문이다. 완성된 디카시 안에서 사진과 문자는 교묘한 화학반응(외래어지만 사실 '케미chemi-'라고 말하면 더 정확한 감이 온다)을 거치면서 사진도 문자도 아닌, 우리가 '디카시'라는 용어로만 이야기할 수 있는 새로운 감성의 구조를 만들어 낸다. 독자들은 시각 기호와 문자 기호 사이를 왕복 운동하면서 사진 속의 스투디움studium이 푼크툼punctum으로 변용되는 것을 경험한다. 혹은 일반화되고 규정된 스투디움에 가려져 있는 푼크툼을 찾아낸다. 그러는 사이에 사진 속의 푼크툼은 어느새 문자 기호로 넘어와 상징 기호로 다시 굴절된다. 이런 작용들이 선적인linear 순서대로가 아니라, 하나의 마당에서 동시다발적으로 발생하므로 디카시는 이미지와 문자가 서로 도화선을 터뜨리며 폭발하는 화려한 폭죽 같다. 문학에 대한 조금의 관심만 있다면 누구나 할 수 있는 쉬운 길로 가서 이렇게 아름다운 성취를 할 수 있다는 것은 얼마나 큰 축복인가.

디카시가 새로운 예술 장르로서 가지고 있는 가장 중요한 기능 중의 하나는 사람들을 예술의 소비자만이 아니라 생산자로 유도하는 것이다. 그리하여 디카시를 쓰는 시인들은 정확한 의미에서 프로슈머prosumer(생산하는 소비자)들이다. 그들은 예술을 소비하는 데에 만족하지 않고 소비와 동시에 생산하는 주체가 됨으로써 예술의 진정한 향유자가 된다.

이런 맥락에서 볼 때 서장원 시인은 디카시의 새로운 시대성과 생활 문학으로서 기능을 가장 잘 이해하고 있는 시인 중의 한 사람이다. 게다가 그는 사진시와 구별되는 디카시의 섬세한 장르적 특징에 대해서도 정확한 이해를 하고 있다. 그의 디카시를 읽다 보면 그가 디카시를 자신에게 가장 최적화된 장르로 자신 있게 받아들이고 있음을 알 수 있다. 디카시 이론에 대한 정확한 이해와 확신이 그에게 흔들림 없는 자신만한 창작의 길을 제공하는 것이다. 그의 생활은 디카시 때문에 훨씬 더 윤택하고 풍요로워지며, 그런 생활은 거꾸로 그에게 아름답고 완성도 높은 디카시를 가져다준다. 마치 디카시의 사진과 문자 기호가 일으키는 풍성한 케미처럼, 그의 생활과 디카시도 그런 화학반응의 메커니즘 안에 들어와 있다.

II.

　서장원의 디카시는 말 그대로 삶의 다양한 스펙트럼을 끌어들인다. 삶에는 얼마나 무수한 이야기들이 살고 있는가. 그는 흔하디흔한 일상의 풍경들을 소홀히 보지 않는다. 화가들이 사물을 대충 보아 넘길 수 없는 것처럼, 디카시인들도 일상을 무념의 뒤편으로 넘겨버리지 않는다. 시인의 눈에 포착되는 모든 것이 시인의 상상력을 통하여 디카시로 가공될 수 있기 때문이다. 눈에 띄는 모든 것이 디카시의 재료이다. 이런 점에서 사물을 대하는 태도는 크게 디카시를 쓰기 전과 후로 나뉠 수 있다. 디카시를 쓰기 전에 특별히 눈에 띄지 않는 많은 것들이 디카시를 쓰기 시작한 후에는 창작의 보물덩어리일 수 있다.

저녁나절 피는 꽃
밤이슬로 슬픔 달래려고 피었다
징용 끌려간
지아비 향한 마음
아픈 역사로 피었다

—「백의白衣의 성城」

　이 시에 단 시인의 각주를 보면, 시인은 사진의 흰 박꽃을 보고 그것이 피어 있던 1960년대 고향의 초가집과 당시의 어머니를 먼저 떠올린다. 마당에 솥을 걸어 놓고 지붕 위의 박꽃을 가리키며 어머니는 "저 꽃이 피면 저녁을 준비하면 된다고 하셨다" 한다. 박꽃은 "해가 질 무렵 5시~6시에 피기 시작하여 아침 5시~6시에" 지기 때문에 시계가 흔치 않던 시절에 시계 역할을 했다. 시인의 상상력은 여기에서 머물지 않는다. 시인은 나아가 "징용 끌려간 백부를 기다리며 유복자를 키우며 불행한 삶을 살다가 가신 백모님"을 떠올린다. 이 대목에 오면 시인의 상상력은 더욱 정련되어 개인적인 것에서 민족적인 것으로, 사적인 것에서 공적인 것으로 발전한다. 사진의 박꽃은 징용 끌려간 남편을 기다리는 부인의 상징이 된다. 일제 강점기엔 이와 유사한 슬픈 서사가 얼마나 많았던가. 사실 박꽃 자체에 무슨 서사가 있겠는가. 페르난도 페소아F. Pessoa는 "자연엔 내부가 없다"고 하였다. 그러나 시인은 자연의 '없는 내부'를 자신의 상상력으로 채운다. 그리하여 박꽃의 내용 없는 내부는 "슬픔"과 "그리움"의 내부를 갖게 된다.

9억 보의 바람길 걸어 왔을까
찬바람 안고 핀 풀꽃

우주의 별 이야기 데려와
사랑집을 짓는다

—「보야야 봄이다」

이 시에서 주목할 것은 "보아야 봄이다"라는 제목이다. 이 시집의 표제작이기도 한 이 작품은 디카시뿐만 아니라 모든 예술 창작 혹은 사유의 기본적인 자세에 대하여 언급하고 있다. 존 버거J. Burger의 말대로 "우리는 보는 것만을 본다. 본다는 것은 일종의 선택이다." 보는 것만을 보는 것도 혐의이지만, 보지 않고서 도대체 무엇을 할 수 있으랴. 보지 않는 것은 아무것도 선택하지 않는 것이므로 그 자체 아무것도 하지 않는 것이나 진배없다. 그러므로 아름다운 "봄"도 "보아야 봄이다". 보기 전의 모든 사물은 그 자체 부재이다. 그러므로 보는 행위는 부재absence를 존재presence로 전환하는 행위이다. 디카시는 남들이 보지 않는 것을 보고, 보이지 않는 것을 보이게 만든다. 시인은 들판의 작은 꽃에서 "9억 보의 바람길"을 '본다'. 시인은 그것에서 "우주의 별 이야기"와 그것이 데려온 "사랑집"을 '본다'. 시인이 봄looking으로서 봄spring은 비로소 봄이 된다.

Ⅲ.

본다는 것이 일종의 선택이라면, 본다는 것은 또한 일종의 배제이기도 하다. 왜냐하면 어떤 것의 선택은 동시에 다른 어떤 것의 배제를 동반하기 때문이다. 주체는 자기가 보고 싶은 것을 볼 때, 보기 싫은 것을 배제한다. 선택의 행위는 그렇게 이루어진다. 그러므로 주체의 보는 행위가 주체의 세계관을 형성한다. 어떤 사람이 무엇을 보고 무엇을 보지 않는지를 안다면, 그것은 그 사람의 세계관을 아는 것이나 마찬가지이다. 디카시는 무한대의 시적 자원을 가지고 있다. 그중에서 카메라에 '선택'되는 것은 그야말로 극히 일부에 지나지 않는다. 디카시의 창작 과정에서 그렇게 선택된 일부가 다시 문자 기호의 옷을 입으면, 그 일부는 다시 더욱 특수한 일부가 된다. 완성된 디카시는 세상의 그런저런 '모든 것'을 다 담고 있지 않다. 모든 것을 담고 있는 것은 아무것도 선택하지 않은 것과 다를 바 없다. 디카시는 모든 것의 극히 일부를 선택함으로써 선택된 세계의 예각을 보여준다.

나무야
너도 알았니

노란 리본 달고
그리움 지키고 서 있구나

—「참사」

　가을의 노란 낙엽에서 시인이 선택한 것은 '사회적' 앵글이다. 낙엽 혹은 가을의 풍경에서 읽어낼 수 있는 것들의 총계는 무제한이다. 그러나 시인은 다른 것들을 전부 배제하고 사회적, 국가적 참사의 의미소만을 선택하고 있다. 애초에 아무런 내부가 없는 나무와 대화를 하며 그는 그것에 '영혼의 내부'를 이식한다. 그것은 참사와 그 참사에서 사라진 이들에 대한 절절한 "그리움"이다. 게다가 이 시가 속해 있는 제2부의 제목을 시인은 "왕실의 정원"이라고 붙이고 있다. 시인은 "참사"를 은연중에 "왕실"과 연결함으로써 '참사의 국가적 책임'을 묻고 있다. 그러나 행여 그의 디카시에서 '정치 과잉'을 의심할 필요는 전혀 없다. 그의 다른 시편들을 보면 알 수 있듯이 그가 가지고 있는 앵글은 사회적이고 정치적인 것으로 끝나지 않는다. 그것은 그런 것들을 포함한, 훨씬 넓은 스펙트럼으로 '복합적 현실'을 읽어낸다.

설렘, 두려움
만남, 이별, 벼슬길

간절한 만큼 머물던 시간

저 길 위에 역사가 있다
　　　　　　—「창경궁 길」

　시인은 옛 왕궁의 길에서 사회적이고 공적인 것만을 보지 않는다. "벼슬길"이 왕궁 공간의 공적 속성을 보여주는 콘텐츠라면, "설렘, 두려움, 만남, 이별"은 사적인 관계성의 의미를 부여하는 콘텐츠들이다. 세계를 바라보는 시인의 시각은 이렇게 사적인 것과 공적인 것, 개인적인 것과 사회적인 것의 교차점 위에 있다. 그는 이 이항 대립물binary opposition의 교차점에 그가 보는 것을 끌어들임으로써 세계의 중층성, 복합성을 읽어낸다. 게다가 그가 볼 때 사적인 "설렘, 두려움, 만남, 이별"은 공적인 "벼슬길"과 "간절한 만큼 머물던 시간"을 공유하고 있다. 사적이든 공적이든 어디에나 '간절함'이 있기는 마찬가지이다. 궁극적으로 그 간절한 "길 위에 역사가 있다". 시인이 볼 때 개인적인 것과 사회적인 것은 따로 노는 것이 아니라 이렇게 서로 겹치면서 역사적 현실을 구성한다.

바라만 보는 아픈 사랑
영욕의 역사로 서 있다

꼭, 전해야 할 말이 남아
하나로 피어날 봄 꿈을 꾼다.

—「회화나무의 꿈」

이 작품도 시인의 중층적이고도 입체적인 세계관을 잘 보여준다. 사람의 얼굴을 한 채 떨어져 마주하고 있는 한 그루의

“회화나무”에게 “바라만 보는 아픈 사랑”이라는 이름을 붙여
주며 이루지 못할 사랑이라는 사적인 서사의 상징이 된다. 그
러나 시인은 이 사적인 담론 위에 바로 “영욕의 역사”라는 공
적인 담론을 덧보탠다. 그리하여 나무는 갑자기 사적인 것과
공적인 것, 개인적인 것과 사회적인 것의 동시적 겹침이라는
새로운 층위를 갖게 된다. 그러나 이 경우에도 전자와 후자가
따로 놀지 않는 것은 그 이항 대립물들이 “꼭 전해야 할 말”의
간절함과 “하나로 피어날 봄”이라는 한반도의 과제 통일의 소
망을 표현하고 있기 때문이다.

IV.

지금까지 살펴본 것처럼 서장원 시인은 균형 있는 관점의
소유자이다. 그는 공적인 것에 눈멀어 실존적인 것의 중요성
을 놓치지 않으며, 사적인 것의 동굴에 갇혀 광장의 담론을 잊
지도 않는다. 그는 세계가 사적/공적, 개인적/사회적 축들의
복잡한 교차로 이루어져 있으며 이런 이항 대립물들이 별개로
존재하는 것이 아니라 서로 겹쳐있다는 사실을 누구보다 잘
알고 있다. 세계를 보는 그의 눈은 외눈이 아니라 겹눈이다. 그
의 디카시들은 세계의 다양한 측면들이 만나고 겹치면서 만들
어 내는 주름들에 주목한다. 그는 세계가 멈추어 있는 것이 아
니라 끊임없이 움직이고 있으며, 세계의 주름들이 항상 더 큰
이상을 향해 파도처럼 출렁이고 있음을 잘 알고 있다.

기도의 문이 열리는
비상벨이다

나의 소원만큼 높이 있다

　　　　　　　　　—「비상벨」

　제2회 이형기 디카시 신인문학상 수상작이기도 한 이 작품은 시인의 기발한 상상력과 유토피안적 정신의 높이를 동시에 보여준다. 공중에 달린 연등을 "비상벨"이라 부르는 것은 은유를 넘어 거의 기상奇想conceit에 가깝다. 연등의 둥근 형태와 비상벨의 둥근 모습은 물론 환유적 유사성을 가지고 있다. 하지만 중요한 것은 "비상" 사태를 선언함으로써 연등에 담긴 기도의 다급함을 순식간에 강화하는 탁월한 기술에 있다. 그 장치에 의하여 연등은 사찰의 한가한 풍경에서 갑자기 생사가 달린 저잣거리의 서사로 바뀐다. 시인은 고요의 풍경 속에서 울려 퍼지는 위급한 사이렌 소리를 듣는다. 마지막 행에서 시인은 또한 소망에 대하여 이야기하고 있다 소망 혹은 "소원"은 항상 현실보다 훨씬 "높이 있다".『희망의 원리』라는 저서로 잘 알려진 에른스트 블로흐E. Bloch는 "물질조차도 유토피아를 갖고 있다"고 하였다. 물질도 더 나은 상태, 더 편한 상태, 더 행복한 상태를 지향한다. 하물며 인간은 말하면 무엇하랴. 문학은 궁핍한 시대와 현실에서 나오지만 궁핍하지 않은 상태를 늘 꿈꾼다.

밤새 하얀 도화지를 펴고
쓰고 지우기를 반복했다

아픈 몸이 자꾸 깨웠다

밖이 훤하다

—「문안」

현재로서 시인의 유토피안 욕망에 장애를 일으키는 것은 "아픈 몸"이다. "치유의 강"이라는 제목이 붙은 제4부의 시들은 아픈 몸과 싸우는 시인의 삶을 잘 보여준다. "아픈 몸이 아프지 않을 때까지 가자"(「아픈 몸이」)는 김수영의 시적 의지처럼 그 역시 아픈 몸과 싸우면서 더욱 깊어지고 있다. 날이 새도록 "쓰고 지우기를 반복"하는 행위야말로 사유의 치열성을 대변한다. "아픈 몸이" 그의 생생한 의식을 "자꾸 깨"운다. 내면의 이렇게 치열한 싸움이 더 높은 곳에 대한 그의 소망을 진실하게 해준다.

모두가 나이가 들면 그런지 알았지
바람도 모르게 숨기다 아주 넘어졌다

155

아픈 몸 감추고 가신 어머니

화석 된 그리움이 아프다

　　　　　　　　　―「골다공증」

　아픈 몸과 싸우면서 그는 타자의 아픔에 더욱 절실하게 공감한다. "바람도 모르게" 자신의 아픔을 "숨기다" 아주 넘어진, "아픈 몸 감추고 가신 어머니"에 대한 추억은 그래서 더욱 절실하게 다가온다. 그 절실함은 공감을 넘어서 "화석이 된 그리움"이고, 그래서 더욱 아픈 그리움이다. 보라, 부분이 아니라 삶 전체가 움직이면서 서장원 시인의 시 세계가 만들어지고 있다. 그의 디카시들은 그의 생애 전체와 밀착되면서 더욱 절실해진다. 그리하여 아픔의 밑바닥에서 그가 궁극적으로 잡아내는 것은 사랑과 생명의 이미지와 언어이다.

봄나들이 나왔다
사랑꾼 걸음마
잎새에 앉아 풀 향기에 갸우뚱

하늘 눈치를 본다

　　　　　　　　　―「봄비」

화면을 가득 채우는 초록 이파리들과 그 위의 물방울들은 그 자체로 이미 생명성의 한 절정을 보여준다. 그런 이미지에 시인은 "봄비"라는 제목을 붙인다. "봄"과 "비"라는 문자 기호가 겹치면서 그렇지 않아도 절정에 이른 생명성은 거의 폭발 직전에 이른다. 거기에 "사랑꾼 걸음마"라는 은유까지 덧붙여질 때, 이 디카시는 도화선에 불이 붙은 사랑과 생명의 폭죽으로 변한다.

사랑과 생명은 서장원 시인의 디카시들이 궁극적으로 도달한 고원 같은 곳이다. 이곳에 이르기까지 그는 균형 잡힌 세계관, 아픈 몸과의 치열한 싸움, 그리고 타자들의 고통에 대한 깊은 공감의 긴 채널을 지나왔다. 그 성찰의 총계인 이 디카시집을 통하여 그가 더 "외롭고 높고 쓸쓸한"(백석) 절정에 오르기를 고대한다.

왜, 디카시인가

서장원

1. 디카시의 현주소와 디지털문화

디카시는 현대 문명의 디지털문화에 맞는 새로운 문학 장르로 현대인에게 최적화되어 있는 글로벌 문화 콘텐츠이다. 디카시의 세계화는 문학이 대중문학으로 사랑을 받게 하고, 한국문학과 한글을 세계에 알릴 기회이다. 왜냐하면 문명의 발전과 더불어 예술의 세계도 빠르게 변화하는 데 그 역할의 중심에 대중이 함께하는 디지털문화가 있고, 21세기 대한민국은 디지털 문학의 방향성을 견인할 수 있는 조건을 갖추고 있기 때문이다. 디카시는 시인과 독자가 쉽게 만나는 대중문학으로 더욱 강해지는 미디어 프로슈머로써의 역할을 할 수 있다. 디카시도 예술의 범주에서 미지의 미래 세계를 열고 현실을 반영하여 반성하며 충족되지 않은 정신세계를 만족시키는 등 대부분 행복의 에너지를 제공한다.

이 시대에 왜, 디카시인가

도시화된 현대인, 단절된 세대, 개인화된 신세대, 고령화로 인한 소외와 외로움, 시각과 청각이 중시되는 문명의 발전으로 기형화된 감각, 등은 현대사회가 풀어야 할 과제이며 현대인의 특징이다. 이러한 문제가 가속화된 것은 아이러니하게도 도시화, 라디오, TV, 컴퓨터와 핸드폰 등 문명이 발전했기 때문이다. 그럼에도 불구하고 사회문제를 해결할 수 있는 것을 문명에서 찾아야 한다. 왜냐하면 문제 해결의 열쇠가 디지털문화에 있고 그 방향의 키를 디카시가 일부 감당할 수 있다고 보기 때문이다.

현재 문화의 큰 변화 중심에 스마트폰이 있으며, 스마트폰은 현대인의 신 장기 역할을 하고 있고 디카시를 창작하는 핵심적인 역할을 하고 있다. 스마트폰으로 사진을 찍고 시를 입력하고 쌍방향 소통을 한다. 요즘 대중가요는 트로트가 대세이다. TV 조선이 기획한 프로가 국민의 관심을 바꾼 것이다. 이것은 시대적 상황과 국민의 정서,프로그램 운영 방식 등이 맞아 국민의 마음을 움직이게 했다. 디카시가 발전하고 있는 맥락과 비슷하다. 세계에서 가장 발전한 한국의 디지털문화와 사용이 편리한 한글, 빨리빨리 문화 그리고 시대적 상황 등이다.

우리나라에서 디카시가 발원한 것은 우연이 아니다. 디지털문화가 발달 된 최상의 조건과 창의적인 것을 좋아하는 민족

성이 발휘된 것이다. 현재 디카시가 지역 축제에서 공모전 형식으로 많은 지역에서 행하여지고 있다. 그 이유는 쉽게 참여할 수 있고 소통하기에 편리하며, 애향심을 키울 수 있는 이점이 있기 때문이다. 한 지역의 자연이나 사물을 관찰하면서 스마트폰으로 찍고 새로운 의미를 부여하는 디카시의 창작 과정에서 지역의 관심은 애향심이 될 것이며, 축제의 산 증거물을 남길 수 있기 때문이다.

디카시는 자연이나 사물의 관찰과 사회현상에서 느껴지는 감정을 사진으로 찍고 기록하기 때문에 관찰력과 통찰력, 비판력을 동시에 키울 수 있다. 특히 디카시를 접하는 학생들이나 청소년들은 자연이나 사물 사회현상의 관찰을 통해서 적극적이고 능동적으로 만나는 기회가 된다. 특히 자연의 관찰은 자연을 더 사랑하고 정서가 순화될 수 있으며, 창의력이 향상되고, 문명의 이기인 스마트폰을 긍정적으로 사용하게 된다.

디카시를 쓰다 보면 인간이 궁금해하는 질문에 대하여 지구가 내어놓은 45억 년 동안 축적한 답안을 스마트폰으로 만나게 된다.

2. 디카시의 미래와 특징

디지털문화의 강국인 한국에서 발원한 디카시는 한류 문화가 될 것이다. 이미 디카시를 이용하여 한글을 세계화하는 교육과정이 세계 각국의 한국어문화원을 통해 일부 시행되고 있다. 세계 공용 기호인 사진과 결합한 한글의 시적 언술은 K팝의 세계화로 한글에 관심이 있는 세계 젊은이들에게 또 다른 흥미를 제공할 수 있다. 이미 경남 고성에서 16회 국제 디카시 페스티벌을 개최하였고, 제1회 창원 세계 디카시 페스티벌 세계 대회가 열렸다. 그래서 정부와 문학인들의 적극적인 참여가 필요하며 학생들이 배워 창작할 수 있도록 초, 중, 고 교과 과정에 편성시켜야 한다. 일부 교과서에 수록되어 있지만 디지털문화의 영향을 고려할 때 더 적극적인 지원이 필요하다. 디카시는 새로운 문학 장르로 세계화가 될 것이다. 왜냐하면 디카시는 예술문학과 생활 문학으로서 매력이 있기 때문이다. 그리고 스마트폰의 발전 과정에서 활용하는 것을 보면 알 수 있듯이 편리성이 증가한 만큼 부작용도 있다. 이러한 부작용을 최소화하고 올바른 방향으로 발전시키는데, 디카시 창작활동이 긍정적 역할을 할 수 있다.

디카시처럼 짧은 시가 유행한 경우를 보면, 세계적으로 유행시킨 일본의 하이쿠가 있다. 16세기에 등장하였고 19세기 후반 "마사오카 시키"가 '하이쿠'라는 용어를 만들었으며 5-7-5의 3구 총 17음절로 된 단시이다. 특정한 달이나 계절의 자연에 대한 시어가 꼭 들어가야 하는 특징이 있는 정형시이다. 물론 우리나라에도 일본보다 앞선 시기인 고려말 14세기 경에 등장한 시조가 있다. 시조는 우리 민족이 만든 독특한 정형시로 원래 노래의 가사로서 문학인 동시에 음악이다. 3장 6구 45자 내외의 정형시로 훌륭한 작품과 시인들을 배출했고 우리 민족의 사랑을 받았고 국민문학으로 지금도 우리 고유의 문학 장르로 발전하고 있다.

그런데 왜, 디카시인가

　문명의 흐름과 현대인의 사고방식과 맞기 때문이다. 긴 글을 읽는 것도, 쓰는 것도 대부분 싫어하는 것이 오늘날 세태이다. 그러다 보니 요즘 세대는 언어를 축약해서 쓰거나 말하며, 시각적이거나 청각적인 것에 더 흥미를 갖는다. 디카시는 사진이라는 기호와 짧은 언술을 기본으로 한다. 이러한 형상과 글의 조합은 갑자기 나타난 것이 아니다. 문자가 있기 이전에는 그림을 그려 감정을 표현했으며, 조선시대에는 문인화가 있었다. 현대에도 사진에 시를 쓰는 작가가 있지만 디카시와 다르다.

　여기서 디카시와 사진시가 다르다는 것을 분명히 해야 한다.

　공통점은 사진과 시로 구성되며 이를 통해 작품을 극대화하고 독자에게 감동을 준다는 점이다. 차이점으로 디카시는 자연이나 사물에서 느낀 극 순간의 감흥을 본인이 직접 사진을 찍고 시적 문장을 표현하여 영상 기호와 문자 기호의 융합으로 주제를 구현하며 새로운 의미가 완성된다는 점이다. 디카시의 내용은 사진을 단순히 설명하는 것이 아니라 새로운 의미가 탄생하도록 해야 한다. 반면 사진시는 본인이나 타인이 찍은 사진을 보고 사진의 이미지를 시적 표현하거나 완성된 시의 주제에 맞는 사진을 첨부한다. 사진시는 새로운 의미 창출보다 사진이나 시를 돋보이는 표현으로 감동을 준다. 국어사전에서 디카시는 디지털카메라로 자연이나 사물에서 시적 형상을 포착하여 찍은 영상과 함께 문자로 표현한 시이며 사진 시는 사진을 활용하여 창작한 시로 디카시가 대표적이라고 보고 있는데 앞에서 언급한 바와 같은 차이점이 있다.

특히 디카시가 새로운 문학 장르로 인식되고 대중화되고 있는데 디카시는 사진시도, 시도 아닌 디카시임을 분명하게 알아야 한다.

3. 디카시의 발생과 정의 그리고 가치

디카시는 지역 문예 운동으로 2004년 경남 고성에서 시작하여 20년이 되었고 현재 글로벌 문화 콘텐츠로 세계 각 지역에서 관심을 끌고 있으며 미국, 캐나다, 중국, 인도네시아, 베트남 등 해외에 소개되어 창작되고 있다. 디카시의 정체성에 대해 디카시를 창시한 이상옥 교수는 "디카시는 자연이나 사물에서 시적 감흥, 형상, 영감 등을 스마트폰으로 찍고 5행 이내로 짧게 언술해서 영상 기호와 문자 기호를 하나의 텍스트로 SNS를 활용 실시간 순간 포착 순간 언술, 순간 소통하는 극순간 멀티 언어예술로 정의하고 있다." 제목과 사진, 5줄 이내의 언술로 완성되는 것으로 화학반응을 일으키듯 서로 융합을 이뤄야 하는 멀티 언어예술인 것이다.

현대인들은 정보 홍수 시대를 살고 있고 언제든 필요한 정보를 찾아볼 수 있는 편리한 시대에 살고 있다. 그러나 이러한 편리함은 보편의 가치를 중요시하지 않고 편집증적인 사고나 스스로 자신의 성을 만들고 나오려 하지 않는 폐단을 낳았다. 또한 자극적인 내용에 중독되거나 긴 글은 읽지 않으며 자신의 주장을 하지 못하는 주체성을 잃기도 한다. 이러한 문제점들은 디카시를 통해 일부 해결할 수 있다. 자연이나 사물 사회 현상을 적극적인 눈으로 관찰하고 통찰력으로 분석하며 사진을 찍고, 순간의 느낌을 창의적으로 소통하며 디카시로 쓸 수 있기 때문이다. 그래서 디카시는 시의 문학성과 사진의 예술성, 생활 현장성이 중요하기 때문에 생활예술로서도 가치가 있다.

4. 디카시의 실제

디카시는 세계 공용 기호인 사진과 언어기호로 창작하기 때문에 누구나 거부감 없이 접근이 쉬워 문명 비판, 의식 비판, 동시적 사고 향상, 사물에 새로운 의미를 부여 등을 할 수 있고 지역이나 사물을 홍보하는 장점을 갖고 있어 포스터 이상의 흥미를 끌 수 있는 내용으로 효과를 낼 수 있다.

장총

지구의 허파를 겨누고 있다

장총의 돛을 달고
도시의 겨울 바다를 항해 중이다

눈총

의식이 총알이다

눈살 찌푸리게 한 놈
살리려고 당기는 방아쇠

망부석

다시 천 년을 기다리면
당신 오실지 몰라

다시 천 년을 기도하면
번쩍 눈이 떠질지 몰라
- 강영식 (제1회 오장환 디카시 신인문학상)

소풍 길

아가 걸음
꼬물꼬물

그림자 손잡고
햇살 먹고 쑥쑥

이상의 예시에서 볼 수 있듯이 '장총'은 문명을 비판한 디카시이다. 도시의 굴뚝을 장총으로 비유하여 일촉즉발의 심각한 지구의 환경오염 문제와 도시의 공해 문제를 엄중하게 지적했다, 도시나 산업단지에서 볼 수 있는 굴뚝은 국가 발전의 표상이었지만 지금은 심각한 환경오염의 주범으로 지구의 환경을 위협하고 있다. 발전과 파괴라는 딜레마에 처해 있음을'장총의 돛을 달고 도시의 겨울 바다를 항해 중이다'라고 표현하면서 환경오염의 위험성을 지적했다. '눈총'은 시민의식을 비판한 디카시이다. 이 작품은 사회나 타인에 대한 무관심과 개인주의로 인해 양심마저 상실된 시민의 민낯을 고발하면서 무관심에서 벗어나 시민의식인 눈총이 되살아나기를 표현했다. 요즘은 잘 사용하지 않지만 '눈총을 주다' '눈살 맞다' 등 눈으로 감정을 나타낸 말들이 사용되었음을 상기시켰다. 그리고 '망부석'은 강영식의 디카시로 사물에 의미를 부여한 예이다. 사람의 형상을 한 바위를 통해 천년의 사랑을 '기다림'이라는 의미로 새 생명을 부여했다. 울림이 천 년 바위이다. 망부석 전설을 소환했고 바위에 의미를 부여해 새로운 생명이 탄생했다. '소풍 길'은 동시적 사고를 느낄 수 있는 작품으로 무 새싹들이 자라는 초록의 모습과 유아원 아이들이 소풍 가는 설렘을 동일시 했다. 새싹과 아이들을 연관시켜 새싹들이 햇살을 받고 자라는 모습을 세상으로 소풍 나온 것 같다고 표현했다.

5. 디카시의 역할

문학은 전문가들의 전유물만은 아니다 독자가 없는 문학은 있을 수 없다. 특히 시는 전문가나 쓰는 것으로 생각하지만 우리는 생활 속에서도 시적인 표현을 사용하고 있고 시적인 사고를 한다. '눈에 밟히다.', '거지발싸개 같다.', '손끝이 여물다.' 등 관용구로 굳어진 시적인 표현 등이 그 예이다. 디카시를 통해 누구나 문학에 쉽게 접근하여 문학이 주는 긍정의 에너지를 받고 세대 간의 갈등도 해결하며 21세기 문명의 이기인 스마트폰을 바르게 사용하는 계기가 되어야 한다. 디카시가 세계 문화의 건강한 발전을 유도하고, 아울러 한국문학이 세계 문학을 선도하게 하는 역할을 할 수 있다.

디카시는 본격문학이며, 생활문학이며, 치유문학이며, 대중문학이다.

할머니가 손자에게 디카시를 보내고 손녀가 할아버지께 디카시를 보내는 날이 빨리 왔으면 좋겠다. 그것이 가능한 것은 대부분 스마트폰을 사용할 줄 알기 때문에 가능하다. 세대 간의 갈등이 없는 세상, 왕따가 없는 세상, 외로움이 없는 아름다운 세상을 만드는 데 디카시의 역할이 있다.